心一堂香港文學叢書・馮守剛作品

似詩非詩

馮守剛 著

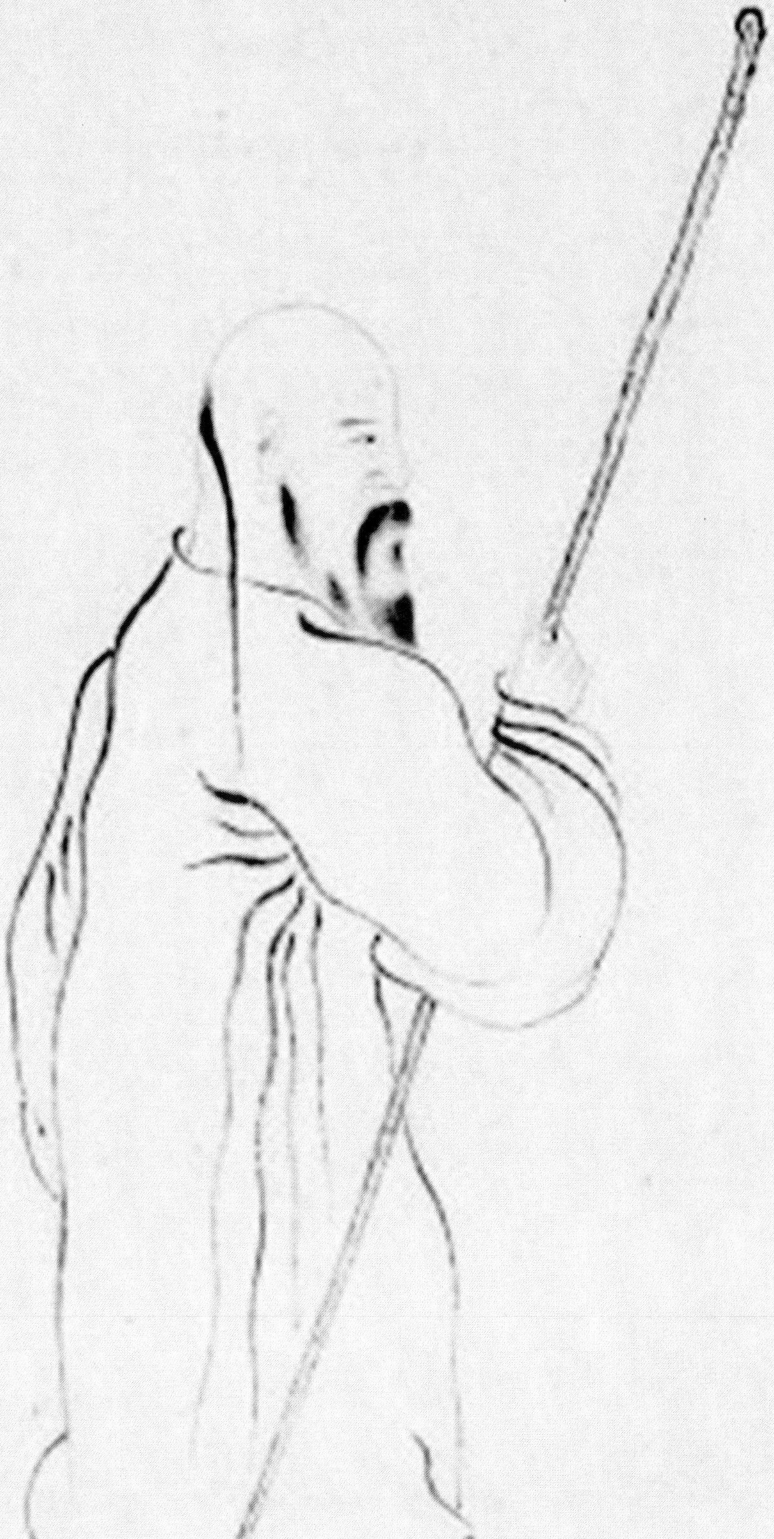

Śūnyatā

書名：似詩非詩
系列：心一堂香港文學叢書 • 馮守剛作品
馮守剛　著
責任編輯：潘国森

出版：心一堂有限公司
通訊地址：香港九龍旺角彌敦道610號荷李活商業中心十八樓05-06室
深港讀者服務中心：中國深圳市羅湖區立新路六號羅湖商業大廈負一層008室
電話號碼：(852) 67150840
網址：publish.sunyata.cc
電郵：sunyatabook@gmail.com
網店：http://book.sunyata.cc
淘宝店地址：https://shop210782774.taobao.com
微店地址：https://weidian.com/s/1212826297
臉書：https://www.facebook.com/sunyatabook
讀者論壇：http://bbs.sunyata.cc

香港發行：香港聯合書刊物流有限公司
香港新界大埔汀麗路36號中華商務印刷大廈3樓
電話號碼：(852)2150-2100　傳真號碼：(852)2407-3062
電郵：info@suplogistics.com.hk

台灣發行：秀威資訊科技股份有限公司
地址：台灣台北市內湖區瑞光路七十六巷六十五號一樓
電話號碼：+886-2-2796-3638　傳真號碼：+886-2-2796-1377
網絡書店：www.bodbooks.com.tw
台灣國家書店讀者服務中心：
地址：台灣台北市中山區松江路二0九號1樓
電話號碼：+886-2-2518-0207
傳真號碼：+886-2-2518-0778
網址：www.govbooks.com.tw

中國大陸發行 零售：深圳心一堂文化傳播有限公司
地址：深圳市羅湖區立新路六號羅湖商業大廈負一層008室
電話號碼：(86)0755-82224934

版次：二零一九年一月修訂版

平裝

定價：港幣　一百零八元正
　　　新台幣　肆百叁十八元正

國際書號　978-988-8582-02-0

心一堂微店二維碼

心一堂淘寶店二維碼

作者簡介

馮守剛先生，資深傳媒人，曾在「麗的電視」（一九六九年至一九七一年）及「佳藝電視」（一九七三年）擔任新聞主播。

馮君早年曾任「澳門綠邨電台」節目編導，藝名「司馬雲長」。馮君又為短篇小說作家，多年前曾刊行《死亡彎角》、《愛在深秋》等短篇小說。

二零零六年將五十篇短篇小說結集，題為《人海傳奇》。

二零一七年十月出版《片言片語》。現刊行近作《似詩非詩》，與讀者見面，希望大家喜歡。

心一堂香港文學叢書・馮守剛作品

目錄

(一)危險

搖船犯險闖急灘
轉了一灣又一灣
孤身面對無情浪
不知是否可生還

（二）悲秋

詩人善感詠中秋
一輪明月總是愁
轉眼又到隆冬雪
明年復見更綢繆

（三）悟道

盤膝誦經一老僧
七情六慾已離身
至今未能參真道
只因心中尚有塵

（四）美人

天仙美女降人間
風華絕代柳眉彎
多少英雄豪傑客
寧伴裙邊棄江山

（五）威武

當年威武少年郎
一聲呼喝誰敢當
今已腰曲難舉步
可憐白髮顯滄桑

（六）歲月

無事午睡在家中
孫兒上學一室空
醒來已是斜陽晚
感嘆歲月太匆匆

（七）文章

貧賣文章換口糧
遍地鋪陳到夕陽
今日洛陽紙不貴
遲早餓死讀書郎

（八）孤身

百歲高齡一耆英
無兒無女甚孤清
一旦乘鶴歸西去
不留人間半點情

（九）店中

獨坐店中無客至
轉眼又到交租時
不如早些關門去
趕回家中弄孫兒

（十）自嘲

閒來無事學新詞
搔頭擺腦似白癡
班門弄斧不自量
不如重新讀唐詩

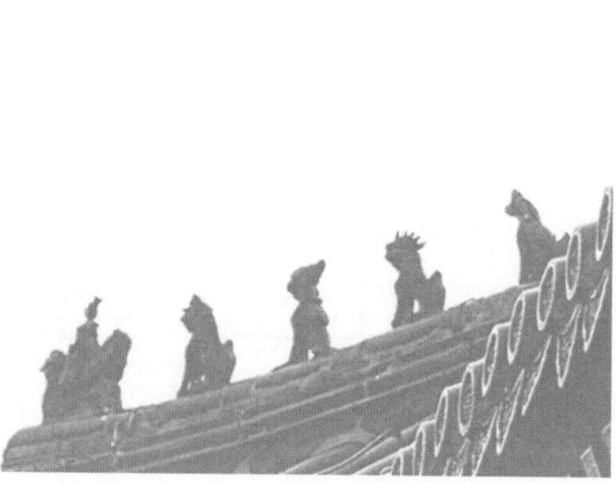

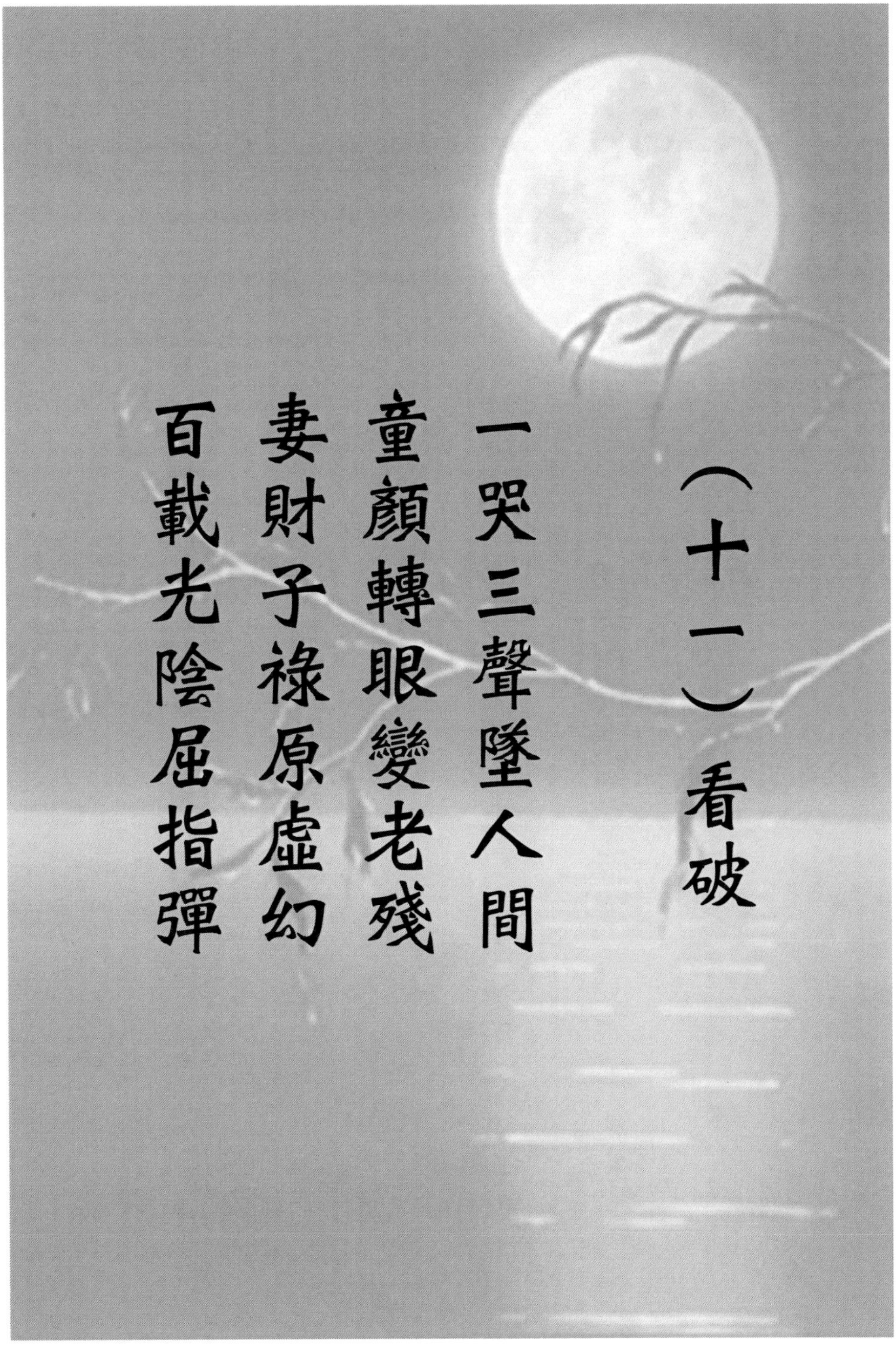

（十一）看破

一哭三聲墜人間
童顏轉眼變老殘
妻財子祿原虛幻
百載光陰屈指彈

（十二）窮困

今時生活倍艱難
借貸渡日過難關
幸得好友解囊助
欠錢終需要償還

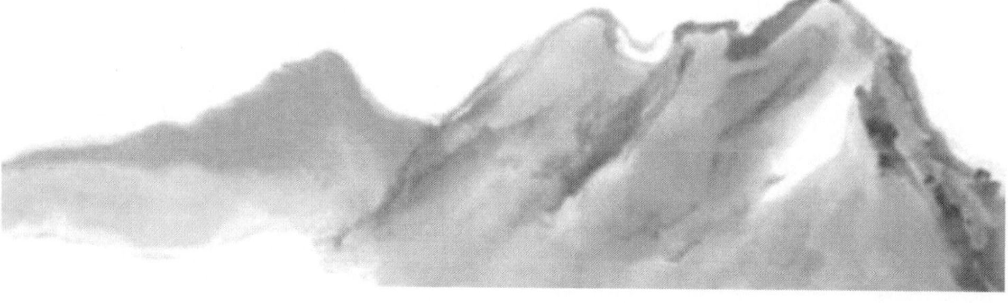

（十三）閨怨

鮮花總是怨春遲
春到之時引蝶癡
春去春來春又至
不見蕭郎摘花兒

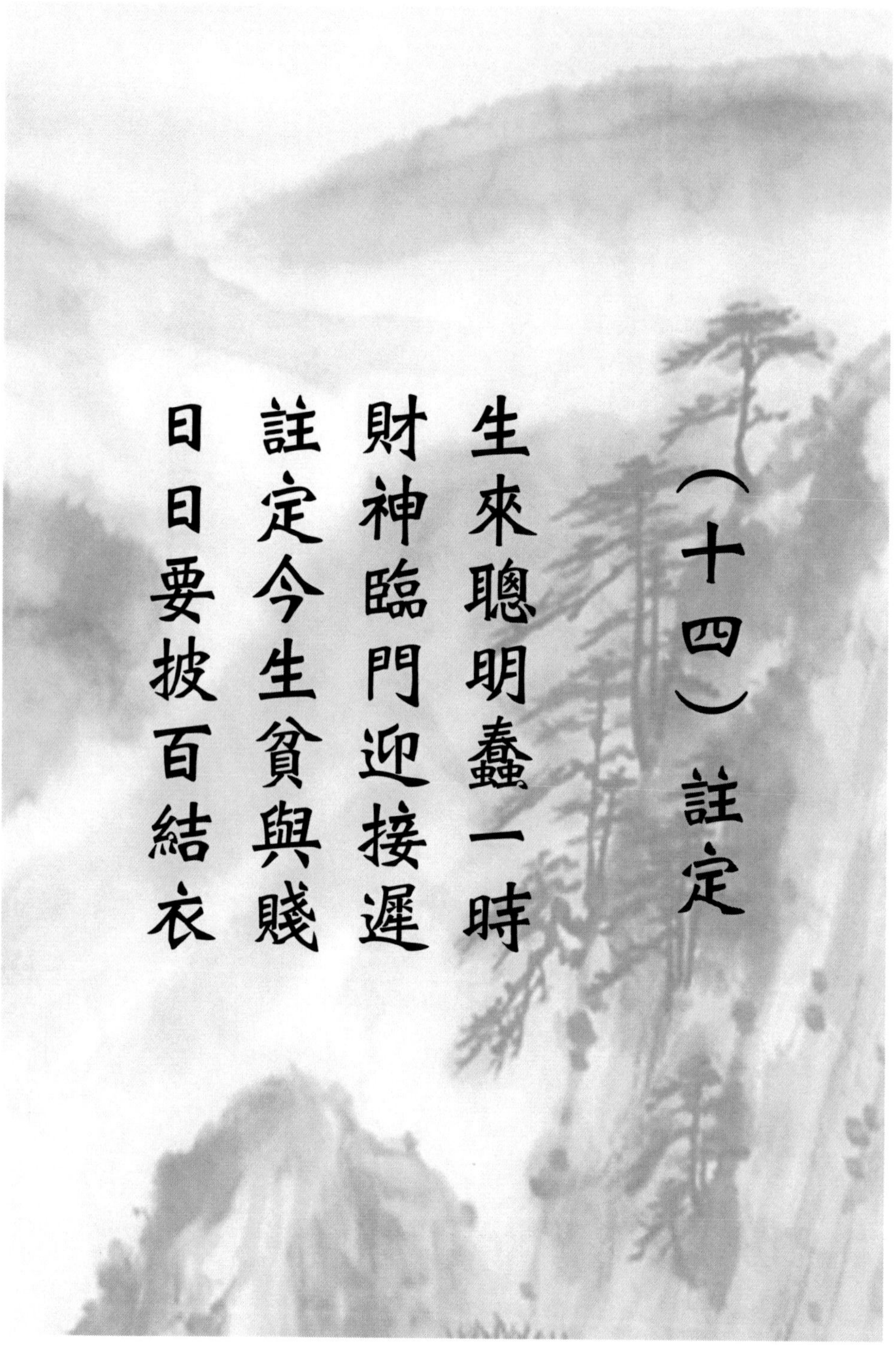

（十四）註定

生來聰明蠢一時
財神臨門迎接遲
註定今生貧與賤
日日要披百結衣

（十五）壽數

閻王早已書寫定
短壽長壽已分清
只好順從生死冊
不用跪拜去求情

（十六）正氣

揮劍直搗淩霄殿
橫戟掃盡萬山川
護國保家居首位
殺敵救民我爭先

（十七）心事

心事從不訴人前
酒醉之後吐真言
今天不曾說心事
只是缺少買酒錢

（十八）醉鄉

常在醉鄉無煩惱
醒來更覺是非多
甘與劉伶長相伴
一生願作醉頭陀

（十九）分離

分別之時淚漣漣
心中尚有語萬千
它日重逢君已老
未知能否續前緣

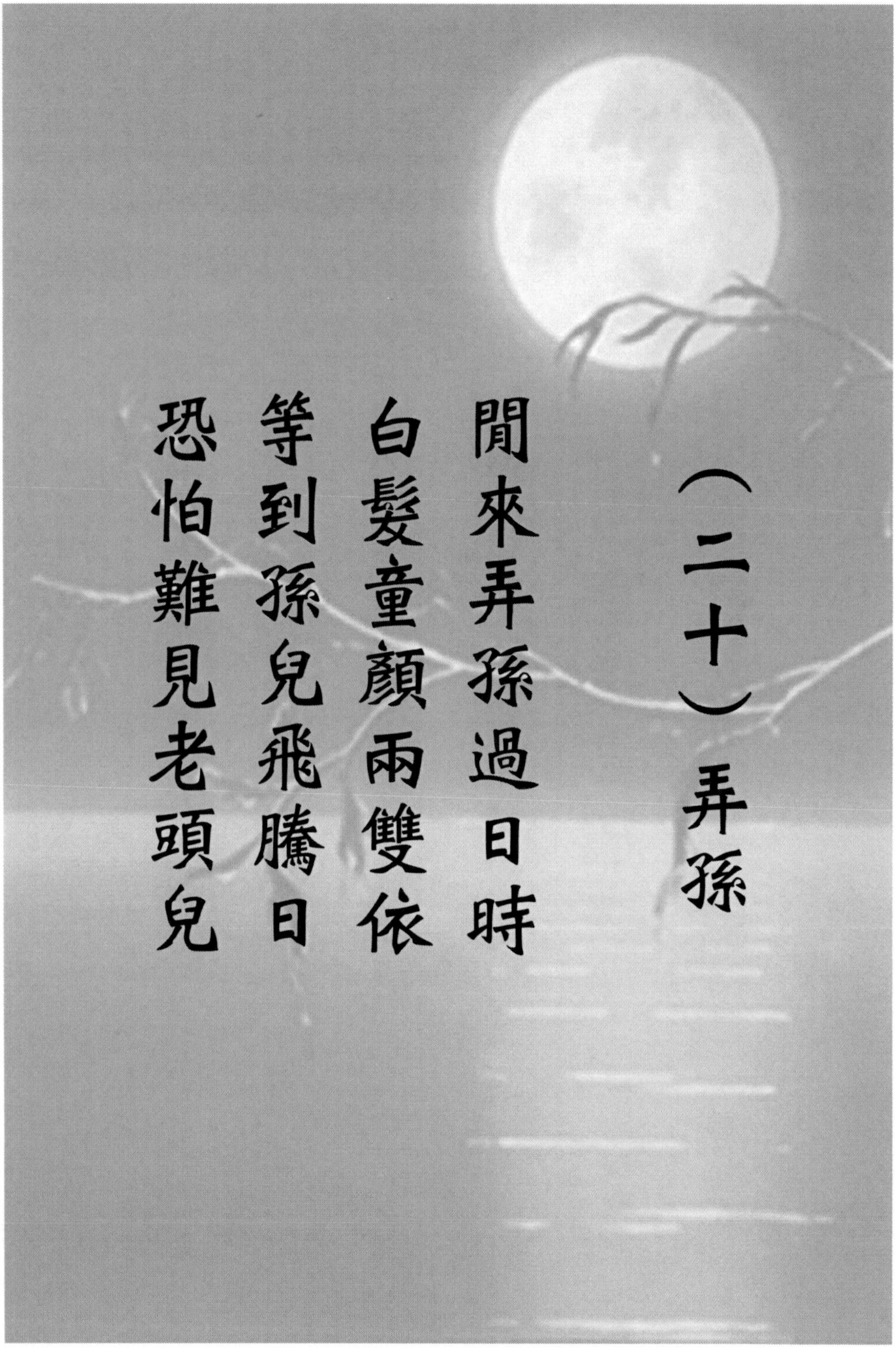

（二十）弄孫

閒來弄孫過日時
白髮童顏兩雙依
等到孫兒飛騰日
恐怕難見老頭兒

（廿一）秋風

昨夜強風打窗紗
遍地落花飄鄰家
狂風不是憐香客
今夕又掃剩餘花

（廿二）惜花

小窗之外有桃花
春風一到花滿丫
不忍伸手去採摘
留下鮮花影晚霞

（廿三）農家

遠離鬧市一農家
前有流水後有花
難得偶然稀客至
主人連忙獻香茶

（廿四）無家

夕陽西下夜茫茫
萬家燈火點點黃
誰憐無家流浪漢
今夜何處把身藏

（廿五）孤芳

種在園中一株花
朝聽黃鶯晚伴鴉
一旦移進堂中去
孤芳日夕對冷茶

（廿六）綺念

朝吟晚讀在書齋
難忘往日到花街
不知阿嬌身何在
牀邊換了多少鞋

（廿七）潛龍

黃鵲焉知雄鷹志
世人皆說我太癡
龍遊淺水原短暫
它日飛騰天下知

（廿八）憶友

去年與兄遊杭州
西湖八景繞一週
今年兄已它鄉去
再難湖上共泛舟

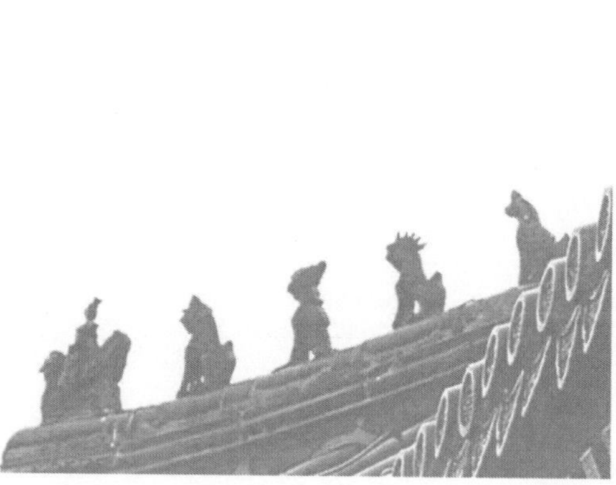

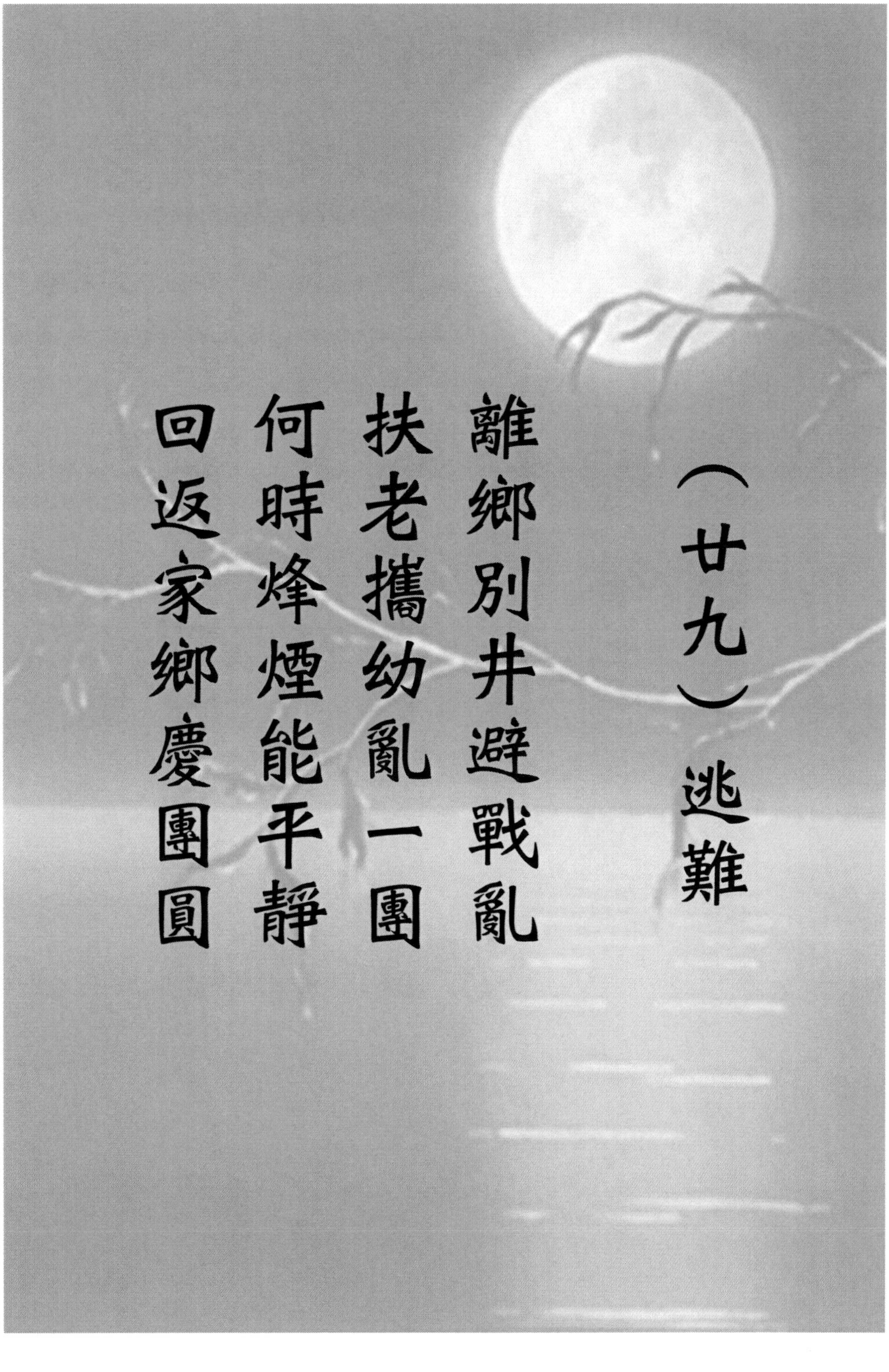

（廿九）逃難

離鄉別井避戰亂
扶老攜幼亂一團
何時烽煙能平靜
回返家鄉慶團圓

（三十）溫馨

家有一老如一寶
過時過節氣氛好
有兒有女多歡樂
開枝散葉宜趁早

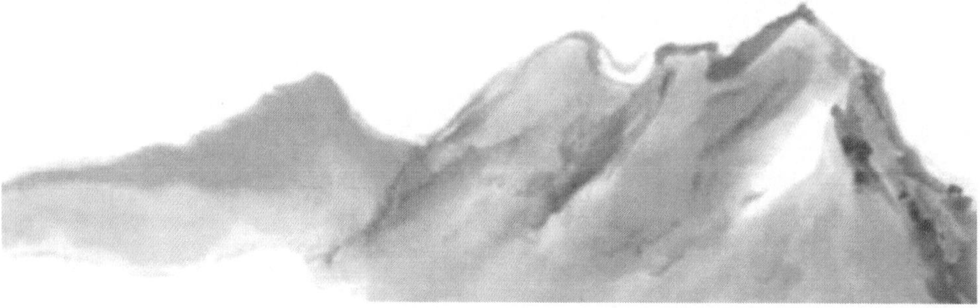

（卅一）老兵

當年戰場一老兵
襟前勳章數不清
今時國家若有難
有賴兒曹去請纓

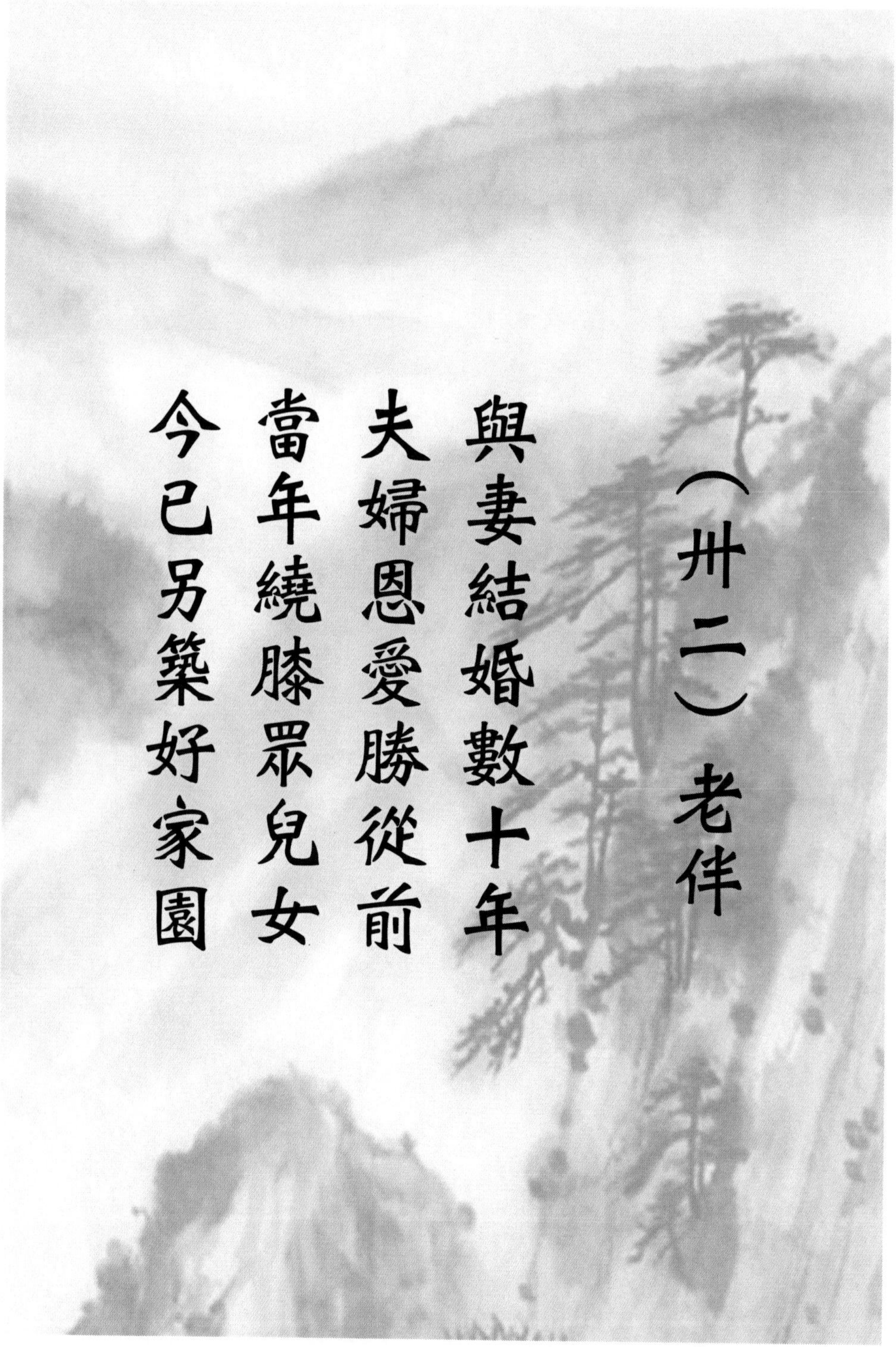

（卅二）老伴

與妻結婚數十年
夫婦恩愛勝從前
當年繞膝眾兒女
今已另築好家園

（卅三）童真

青梅竹馬兩無猜
長大重逢意難排
如欲重拾兒時趣
恐怕難憶舊情懷

（卅四）賜福

整日耕種汗滿田
風吹日曬苦難言
但求上天多眷顧
風調雨順好過年

（卅五）喜酒

杯來杯去鬧喧天
華堂擺上美酒筵
只因犬兒納新婦
多謝親友賀禮錢

（卅六）盼望

臨別分手兩依依
淚沾衣襟真情癡
鐵翼載君沖天去
望郎歸來莫太遲

（卅七）為難

家庭糾紛最難分
娘說真時婦亦真
兒子只能中間站
順得娘時婦便嗔

（卅八）奈何

上天糊塗太理曲
亂向世人來祝福
惡人穿金更戴銀
善人衣食總不足

（卅九）落花

春來鮮花滿佈丫
驕艷顏色勝彩霞
昨夜秋風狂拂掃
今晨遍地是落花

（四十）丫頭

聽明伶俐小丫頭
伴著小姐園中遊
今早小姐眉黛縐
忙扶小姐返粧樓

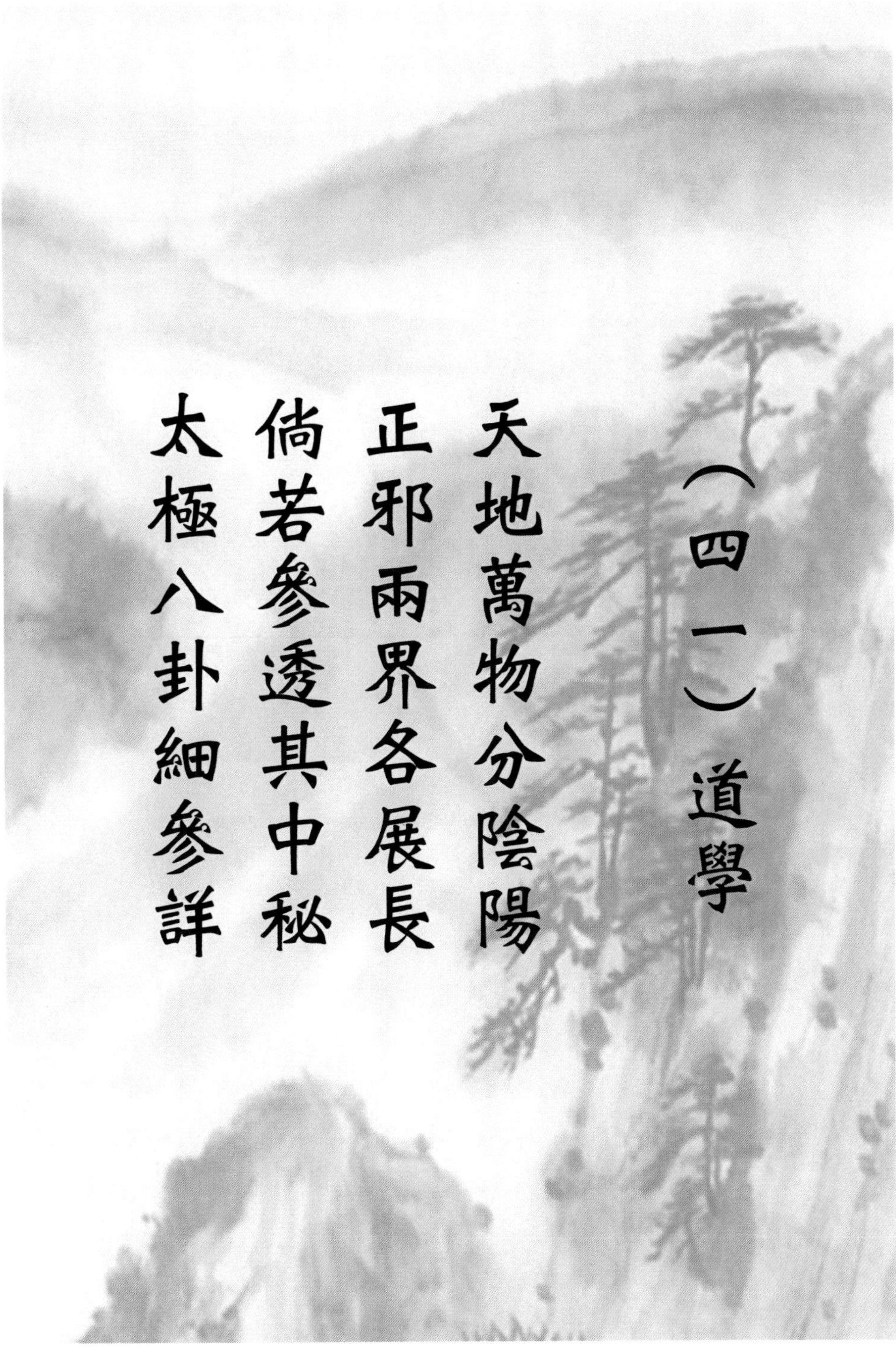

（四一）道學

天地萬物分陰陽
正邪兩界各展長
倘若參透其中秘
太極八卦細參詳

（四二）末代

朝代從來有興衰
亡國君王國庫虛
國破之時出忠烈
朝中必有奸佞隨

（四三）一笑

昨夜夢見兩無常
黑白對我細端詳
兩人皆說閻王誤
准留人間續命長

（四四）疫病

滿城疫症起恐慌
一時難尋有良方
若然神農時珍在
定有妙藥與靈湯

（四五）風月

貌似宋玉加潘安
文如曹植司馬郎
穿梭柳巷花街市
引得鶯燕盡瘋狂

（四六）活佛

瘋瘋癲癲一老僧
專門替人解紛爭
為何終日不念佛
只是重墜俗世塵

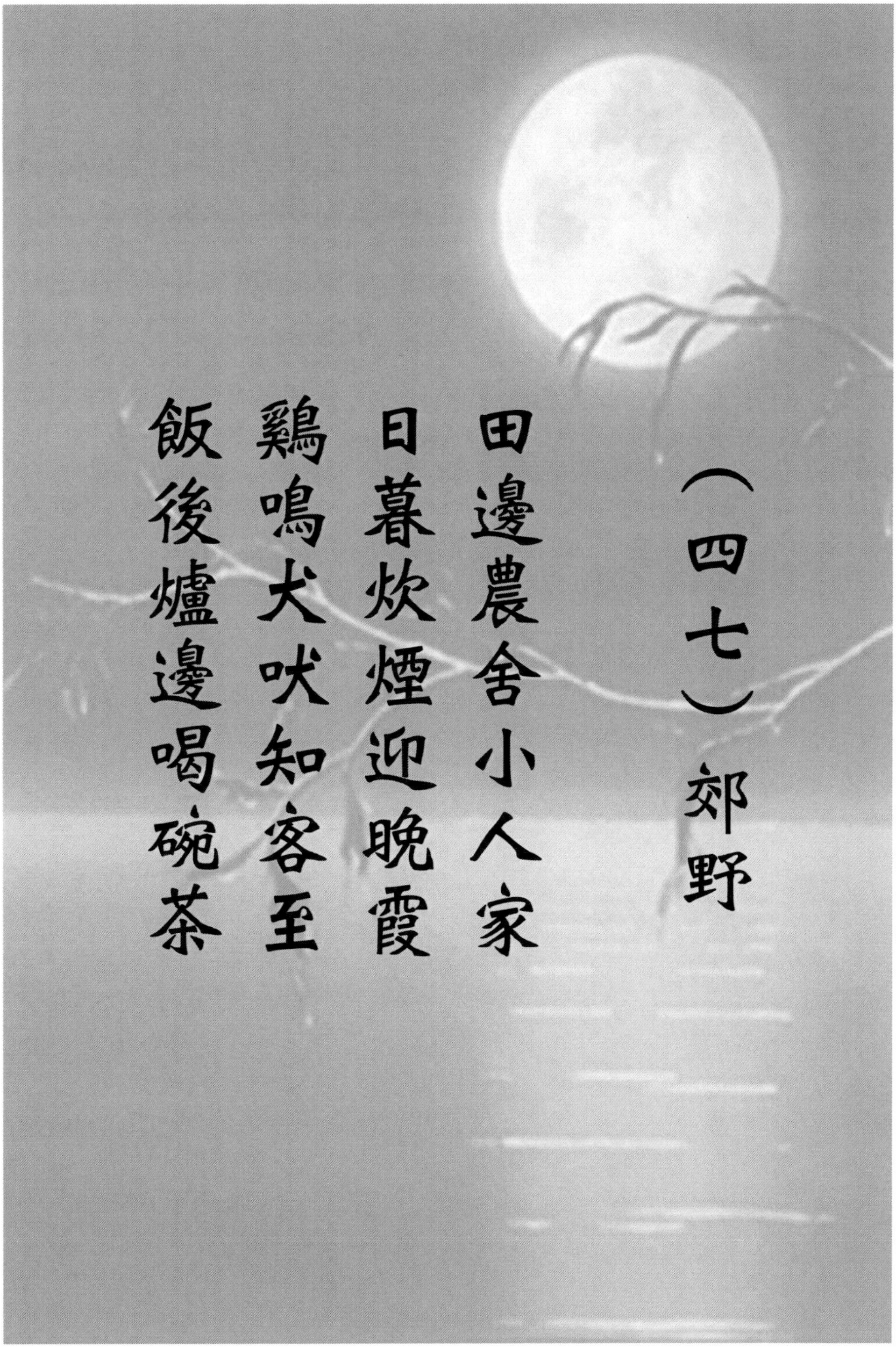

（四七）郊野

田邊農舍小人家
日暮炊煙迎晚霞
鷄鳴犬吠知客至
飯後爐邊喝碗茶

（四八）富貴

龍是苗時鳳是根
生來便是富貴身
一生不愁衣食住
尚有家財億萬金

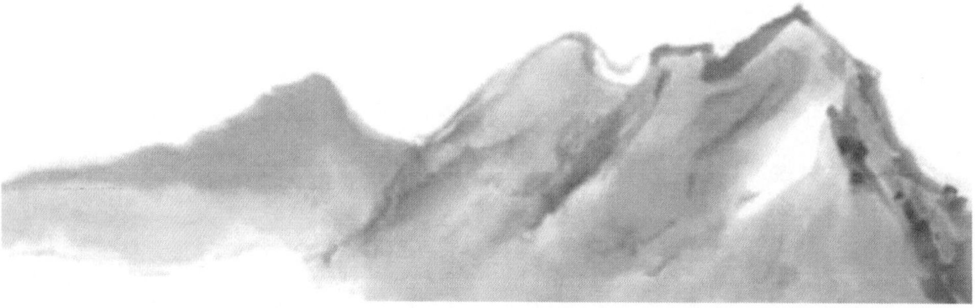

（四九）落難

當年宮中一王孫
淪落市井度晚年
身上唯一碧玉珮
今日押上換了錢

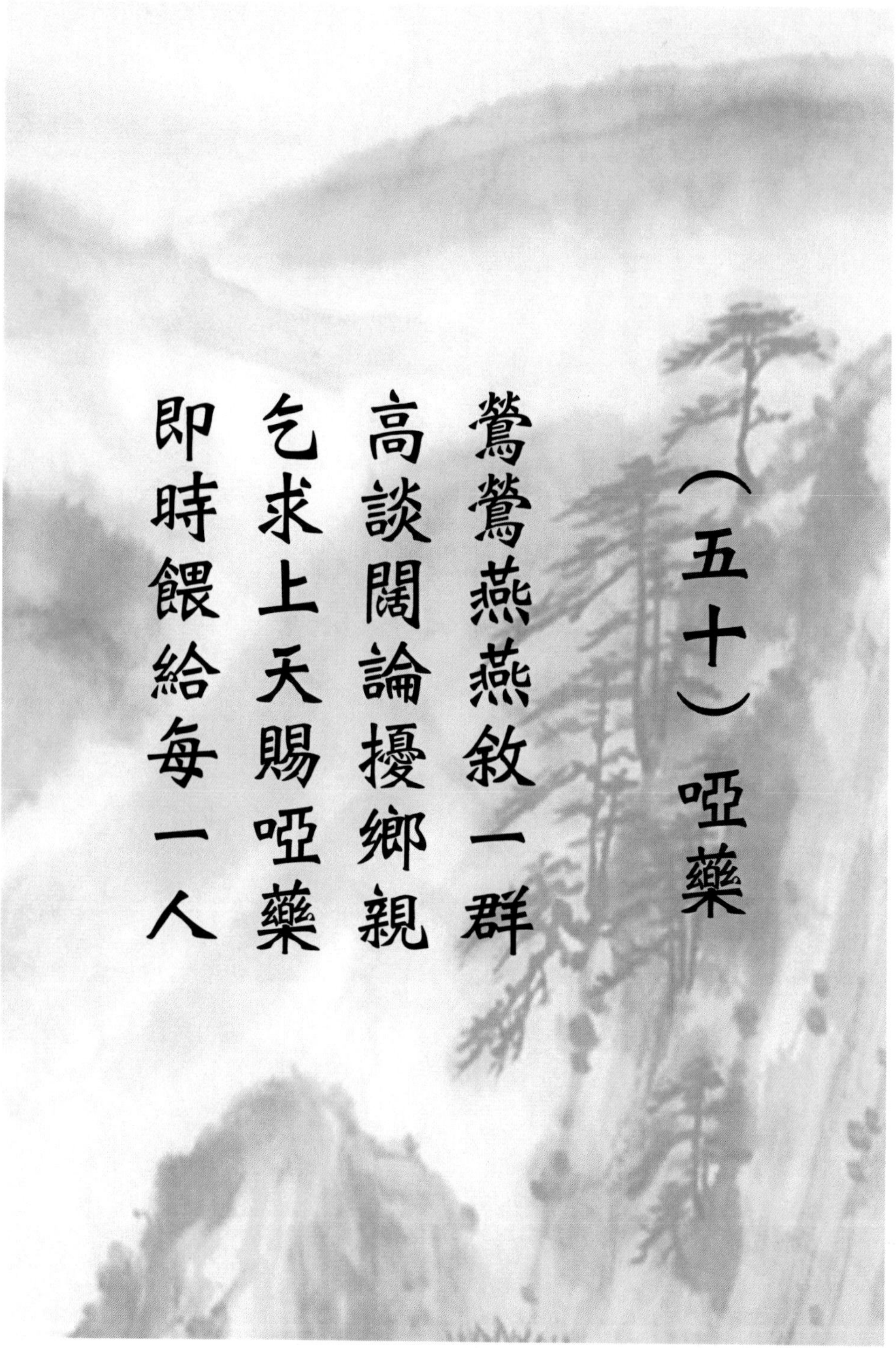

（五十）啞藥

鶯鶯燕燕敘一群
高談闊論擾鄉親
乞求上天賜啞藥
即時餵給每一人

（五一）逝情

郎情妾意兩纏綿
恩愛常現在人前
一朝移情別戀去
相見之時兩無言

（五二）四季

寒梅不懼嚴冬相
春蘭倚窗份外香
菊花喜迎秋風至
竹伴奇石枝枝長

（五三）清官

明鏡高懸坐大人
忙把冤情細稟陳
官貌不似龍圖樣
心內卻具包拯仁

（五四）逝水

金童玉女人皆誦
卿是鳳時我是龍
不敵歲月時光逝
眼前兩條可憐蟲

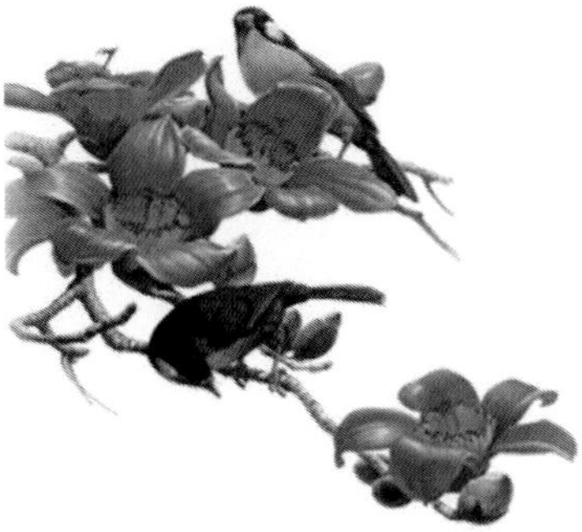

（五五）老去

路邊相遇兩耆英
千言萬語說不清
欲提當年孩童事
恐怕難憶當時情

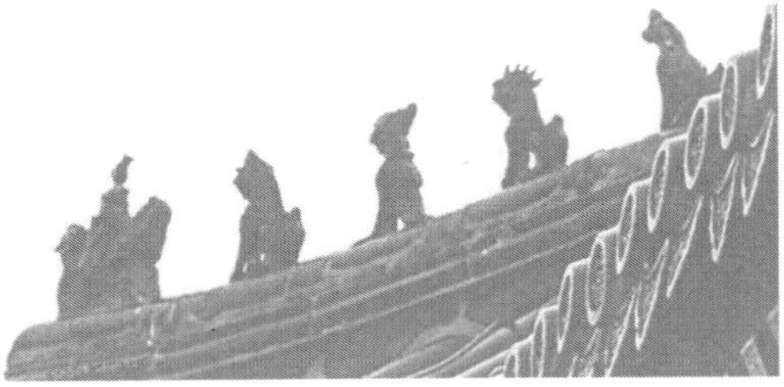

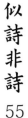

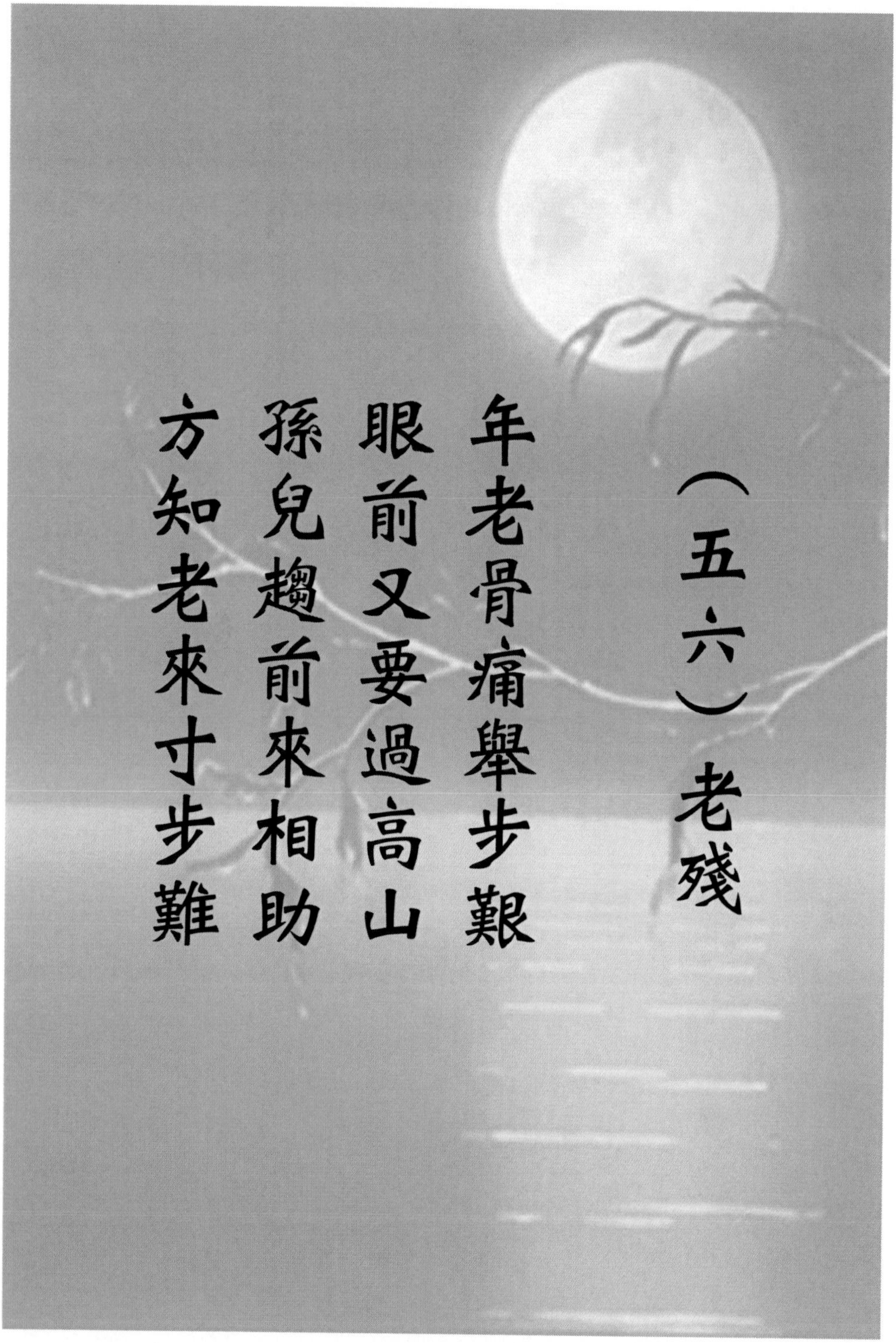

（五六）老殘

年老骨痛舉步艱
眼前又要過高山
孫兒趨前來相助
方知老來寸步難

（五七）後悔

從來歲月去匆匆
不會可憐白頭翁
只悔當年不努力
今日後悔已無從

（五八）退休

退休多時嘆身閒
重振雄風甚困難
每朝日出盼日落
遲早變了老傷殘

（五九）青春

萬花開遍在園中
正是合時引花蜂
青春從來皆無敵
可憐臨老入花叢

（六十）悲傷

袋中缺乏養老錢
更被病魔苦相纏
兒孫早已四散去
試問如何渡殘年

（六一）歸隱

江湖再度起風雲
刀光劍影險象陳
再不復逞當年勇
龜縮家中怕見人

（六二）冷暖

往日車水與馬龍
家有婢女加門僮
只因退下朝中位
再無貴客拜堂中

（六三）卜算

諸葛孔明隱隆中
江山豪傑各爭雄
三分天下早卜算
為何投身亂局叢

（六四）空空

人生本是一場空
來時急急去匆匆
何必寸步不相讓
身在南柯一夢中

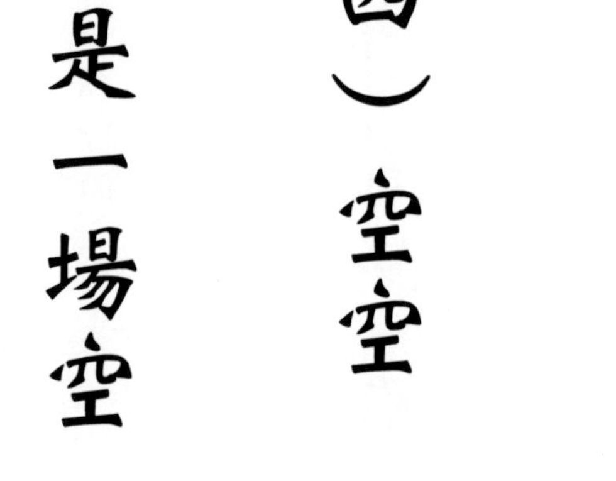

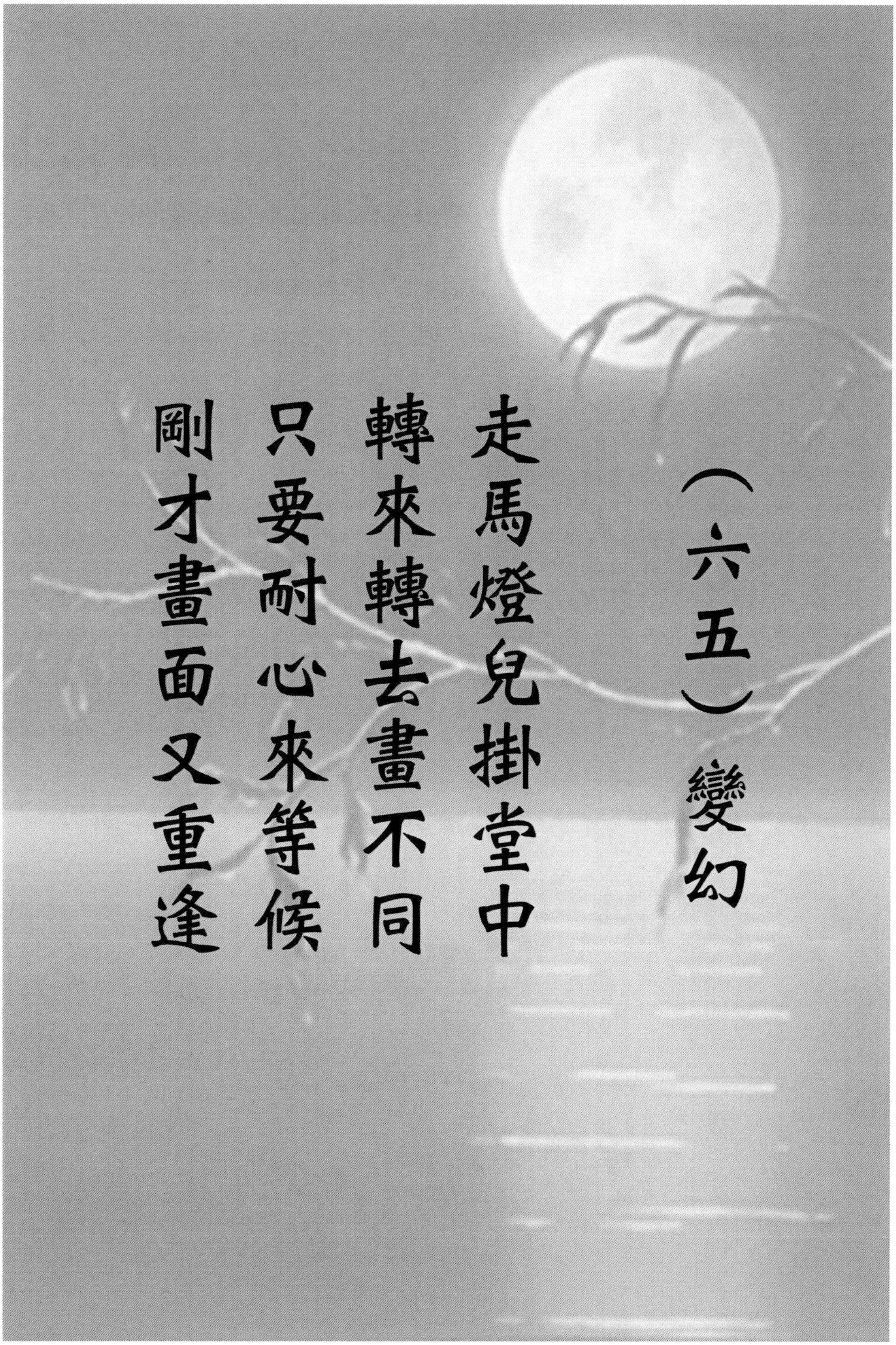

（六五）變幻

走馬燈兒掛堂中
轉來轉去畫不同
只要耐心來等候
剛才畫面又重逢

（六六）中東

本來美地在中東
可恨炮火蓋長空
昔日家園安居地
今天鮮血滿地紅

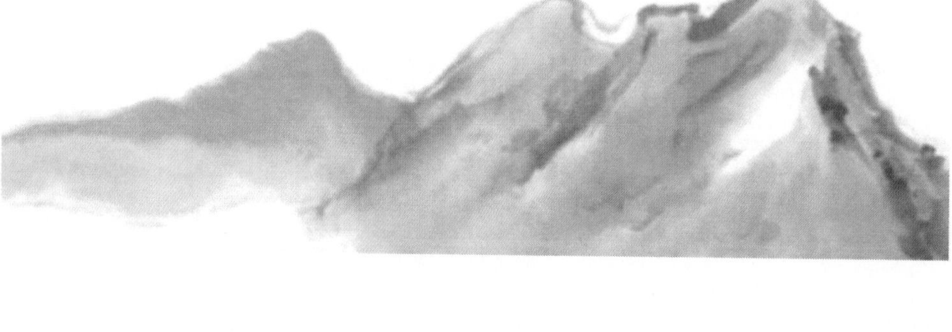

（六七）四方

日出影照進東牆
一彎秋月透西廂
黃鶯高唱南邊閣
北風一到盡關窗

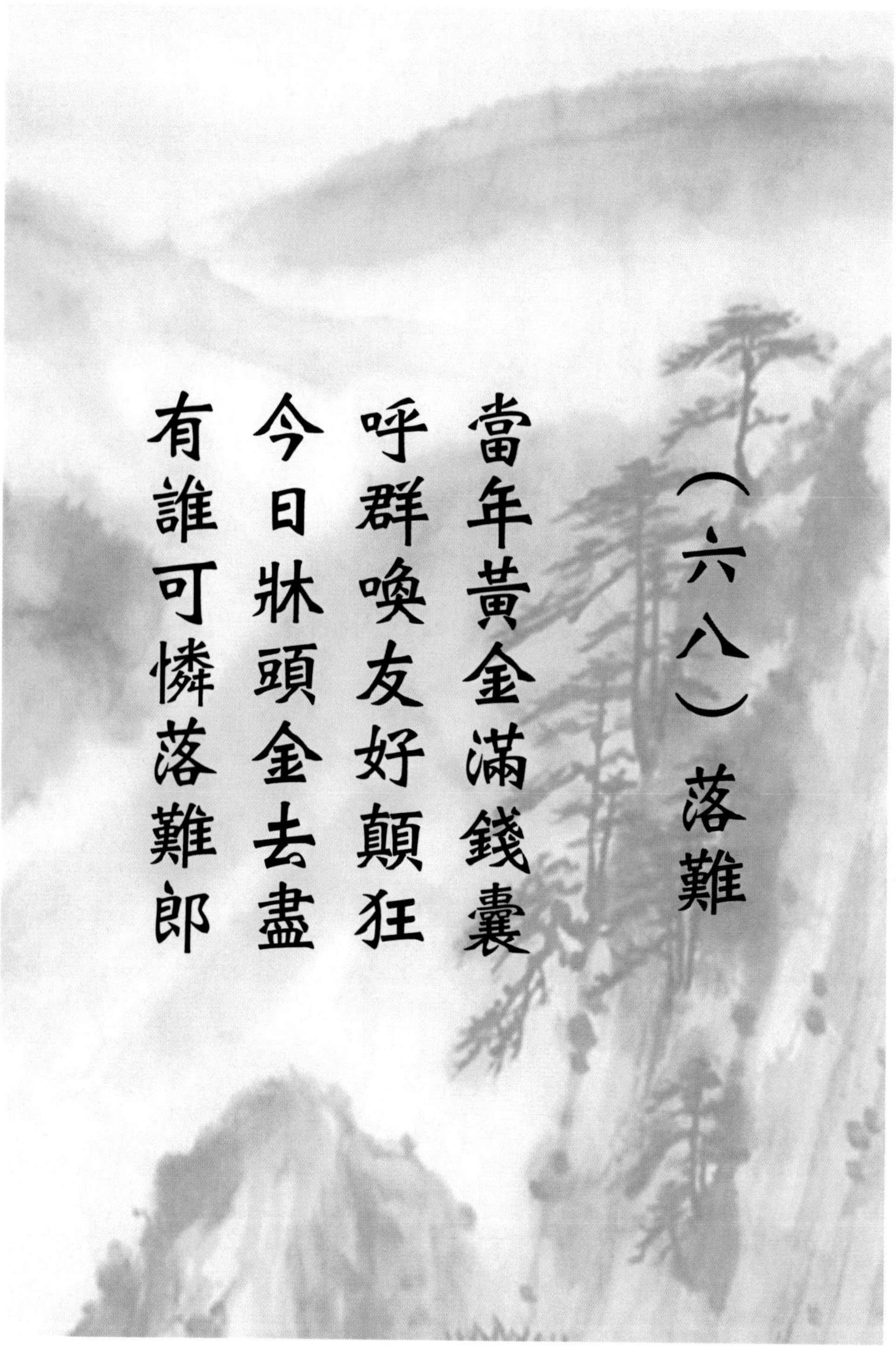

（六八）落難

當年黃金滿錢囊
呼群喚友好顛狂
今日牀頭金去盡
有誰可憐落難郎

（六九）離別

離家遠去別爹娘
從此日夕思斷腸
望得歸家回故里
恐怕痛哭在墳場

（七十）懷才

好馬生於伯樂家
名琴有幸遇伯牙
寶劍雖有摧堅利
未蒙英雄手中拿

（七二）義氣

好友不靠口中言
有難之時現眼前
兩脇插刀真義氣
為友賣屋更賣田

（七二）對象

滿腹空具乾坤志
口中滿有救國詞
眼前並非英雄漢
與他道來實多餘

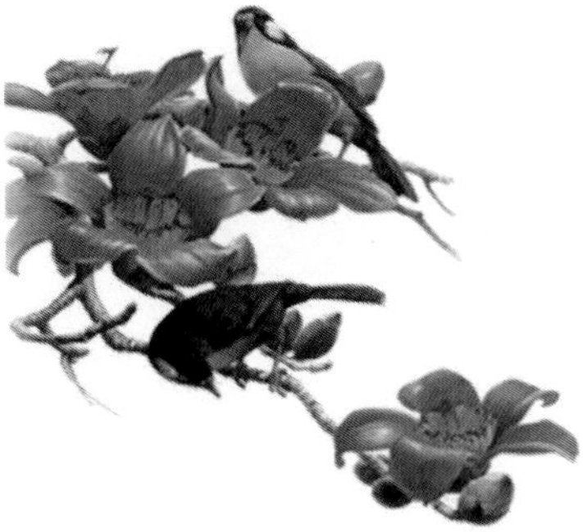

（七三）勞苦

擔擔抬抬我爭先
為了生活苦賺錢
何時能脫艱辛日
放下擔桿過新年

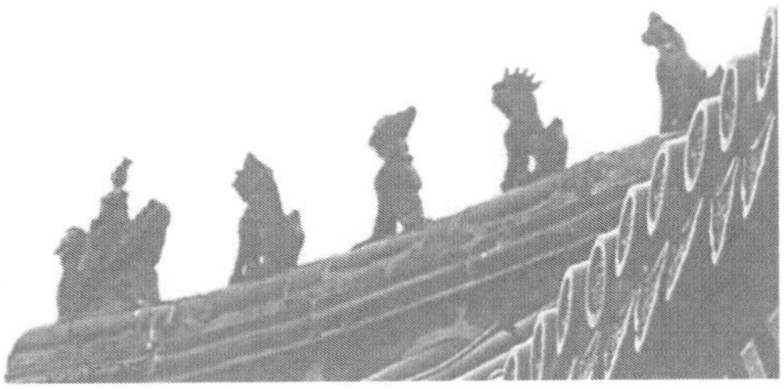

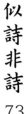

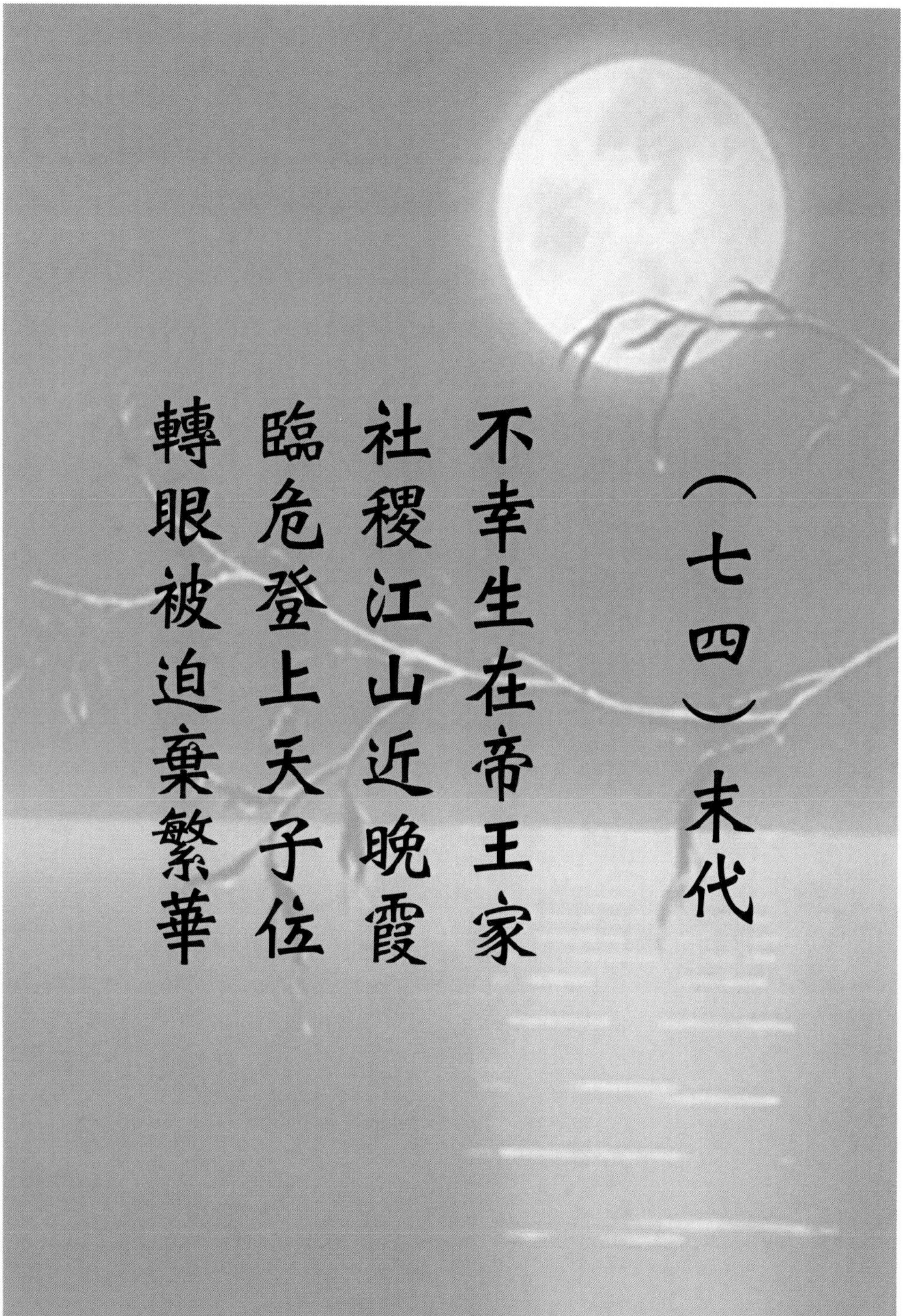

（七四）末代

不幸生在帝王家
社稷江山近晚霞
臨危登上天子位
轉眼被迫棄繁華

（七五）名店

京城酒樓第一家
光顧之人説不差
午間已見長蛇陣
坐了下來近晚霞

（七六）長城

北京長城嘉峪關
欲登城樓甚艱難
若然自認為好漢
拼了老命向上攀

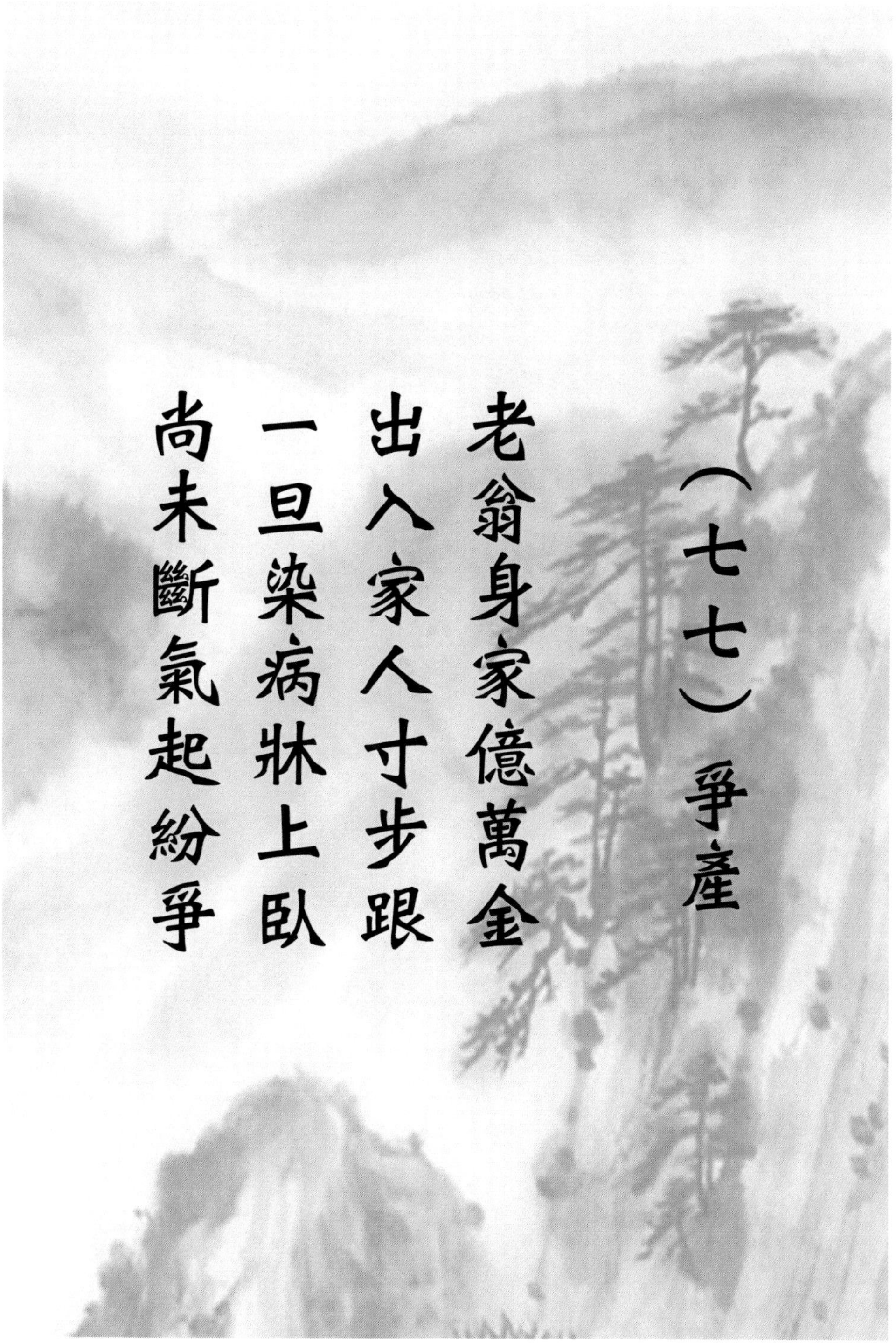

（七七）爭產

老翁身家億萬金
出入家人寸步跟
一旦染病牀上臥
尚未斷氣起紛爭

（七八）中藥

中藥保健有良方
效果從來響噹噹
炎夏若然心火燥
先來一碗葛根湯

（七九）書生

茅舍室內一書生
萬卷古藉一孤燈
家徒四壁空無物
只剩心中讀書勤

（八十）四寶

一寶蟲草出藏土
二寶新會陳皮好
三寶長白千年蔘
四寶百花蛇舌草

（八一）波神

大海茫茫任飄浮
下有魚兒上海鷗
若然波神一聲怒
小小船兒便覆舟

（八二）痛患

病入膏肓難救治
只怪當日發覺遲
若然早知今日慘
定訪華陀把病醫

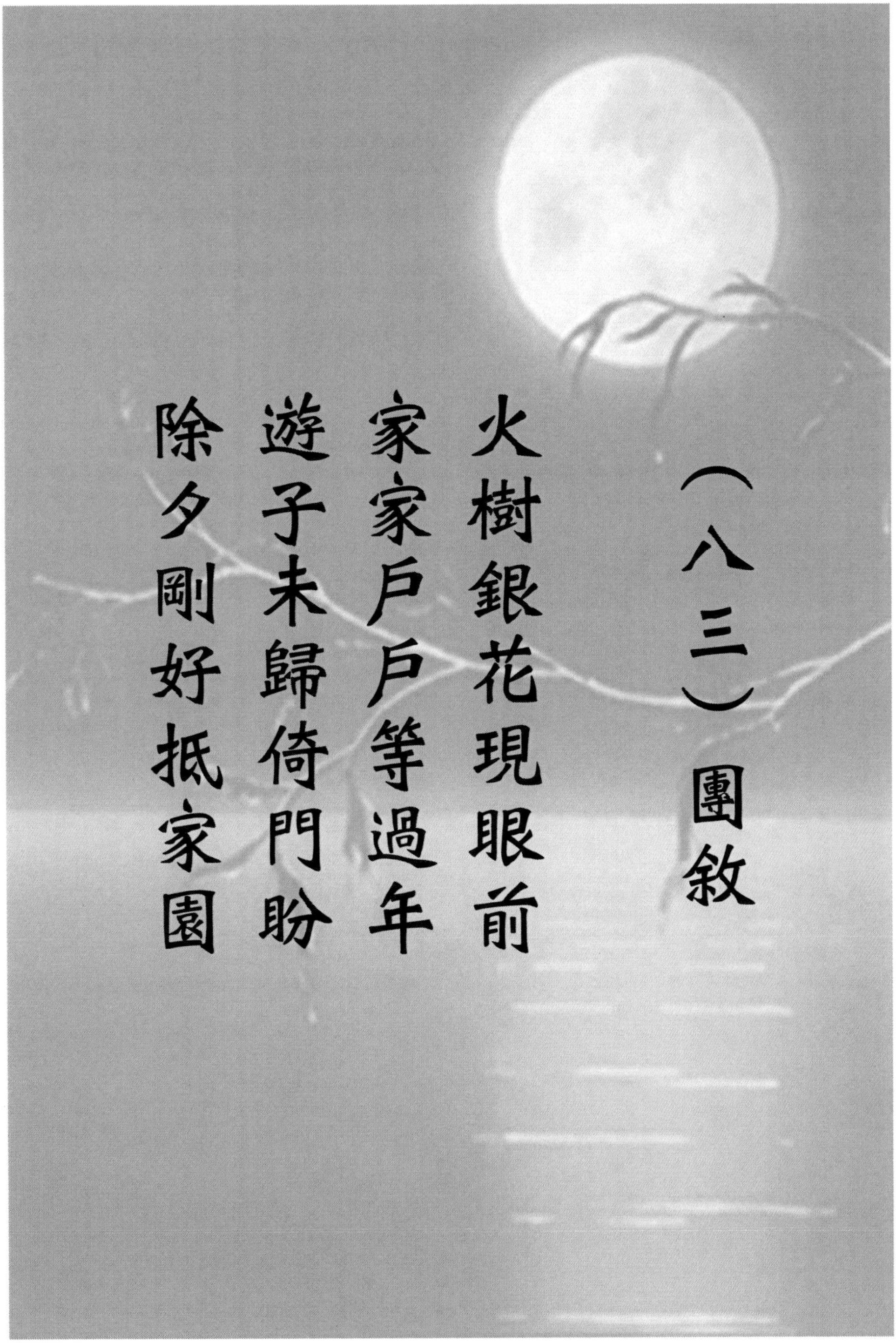

（八三）團敘

火樹銀花現眼前
家家戶戶等過年
遊子未歸倚門盼
除夕剛好抵家園

（八四）七夕

牛郎織女會鵲橋
一年一度候良宵
今年鵲橋早已掛
未見牛郎迎阿嬌

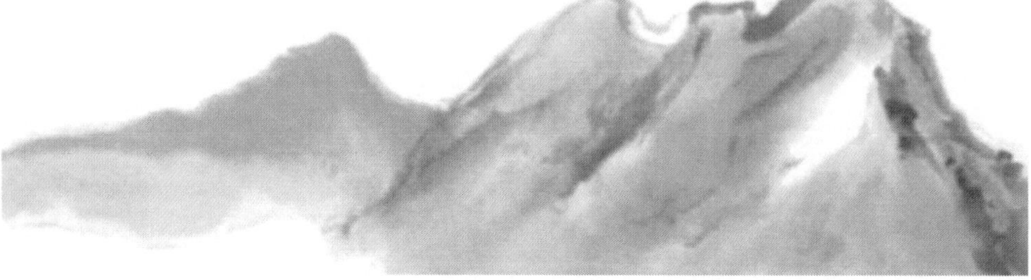

（八五）江東

孫權鎮守在江東
更有周瑜作先鋒
當年東風不曾至
東吳早落曹手中

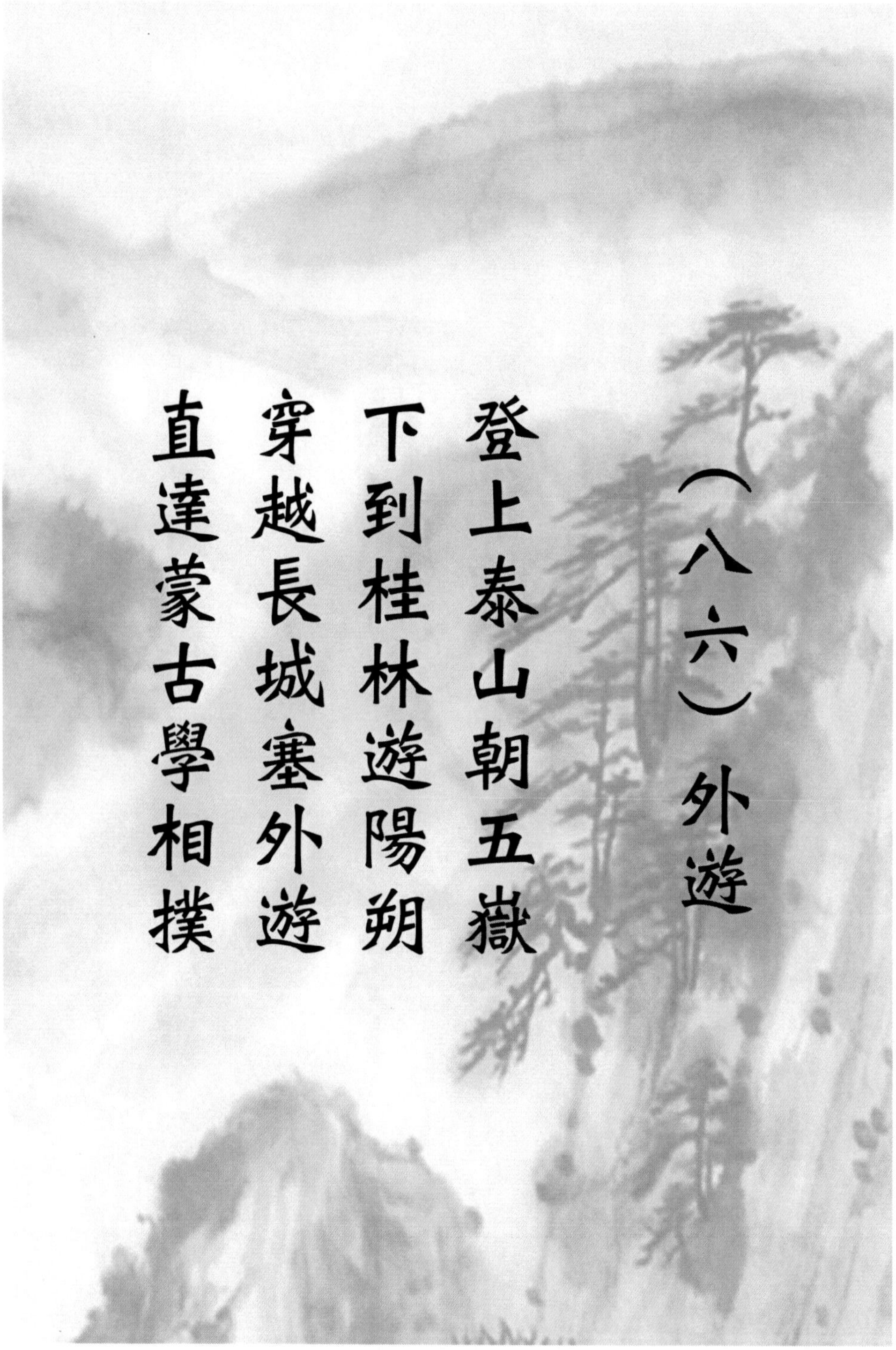

（八六）外遊

登上泰山朝五嶽
下到桂林遊陽朔
穿越長城塞外遊
直達蒙古學相撲

（八七）暮春

暮春三月杜鵑紅
遠山躲在濃霧中
縱然高山掛流水
眼前總是一片濛

（八八）祝融

獨居斗室白髮翁
祝融光顧燒一空
今後身已無長物
更憂孤身何處容

（八九）古瓷

古代名瓷集北京
唐有三彩宋影青
元出青花明鬥彩
不及乾隆琺瑯瓶

（九十）遠望

上了一樓又一樓
再上不免要搖頭
如欲眼光更遠大
舉步再上苦籌謀

（九一）解愁

人無遠慮有近憂
呼求無助像孤舟
欲求能驅眼前困
盡飲千杯忘記愁

（九二）老牛

一生為兒衣食謀
日出日落田中留
一朝年老不能動
望兒照顧老蒼頭

（九三）夕陽

世人大多愛夕陽
可惜夕陽照不長
把握眼前好光景
夕陽過後枉思量

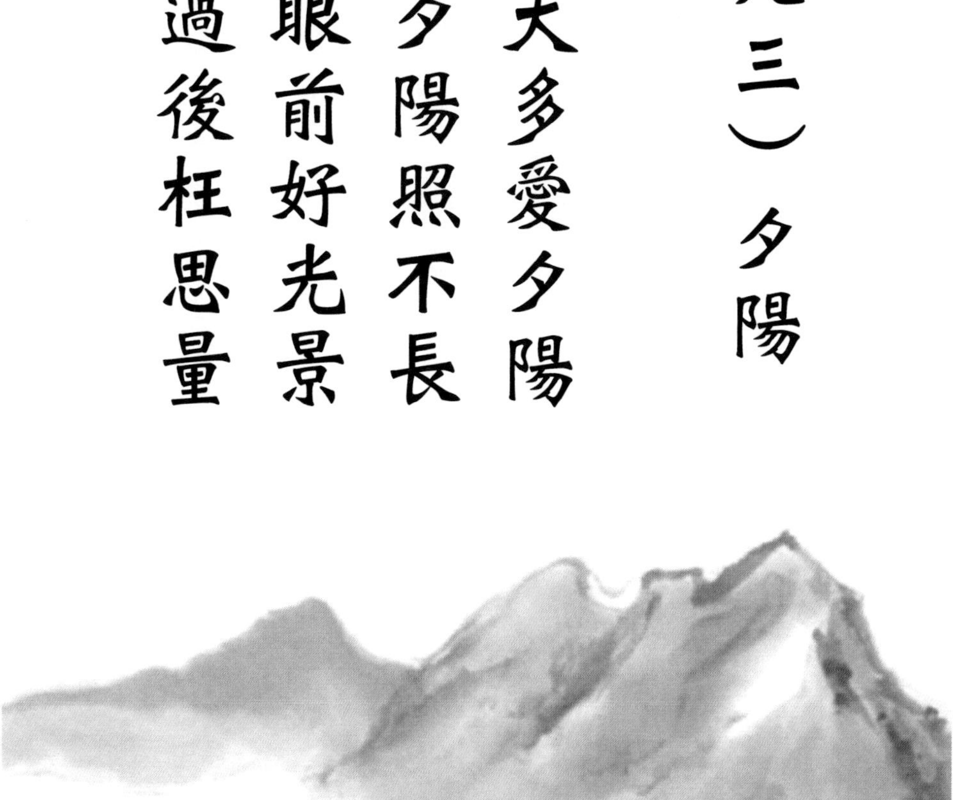

（九四）宇宙

星星月亮與太陽
天濟光輝各顯揚
宇宙奧秘深難測
凡人探索費思量

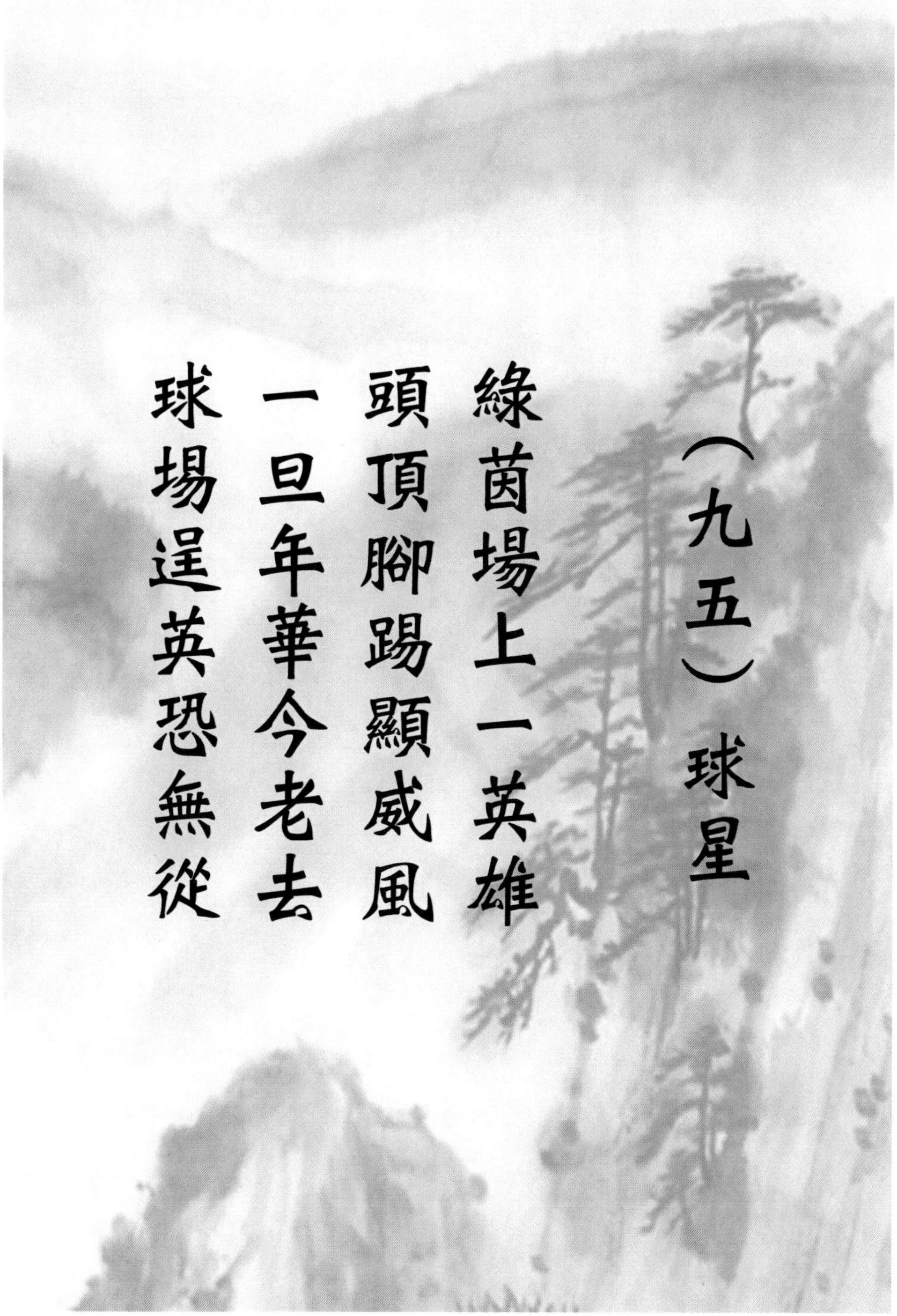

（九五）球星

綠茵場上一英雄
頭頂腳踢顯威風
一旦年華今老去
球場逞英恐無從

（九六）處世

對人圓滑自律剛
據理力爭好應當
讓人三分非示弱
中庸之道處世方

（九七）聖誕

聖誕張燈又結彩
商場店鋪大門開
聖誕老人派禮物
兒童歡呼湧上來

（九八）遊子

提起背囊離家園
走遍中國眾山川
倦鳥終有還巢日
屈指離家已三年

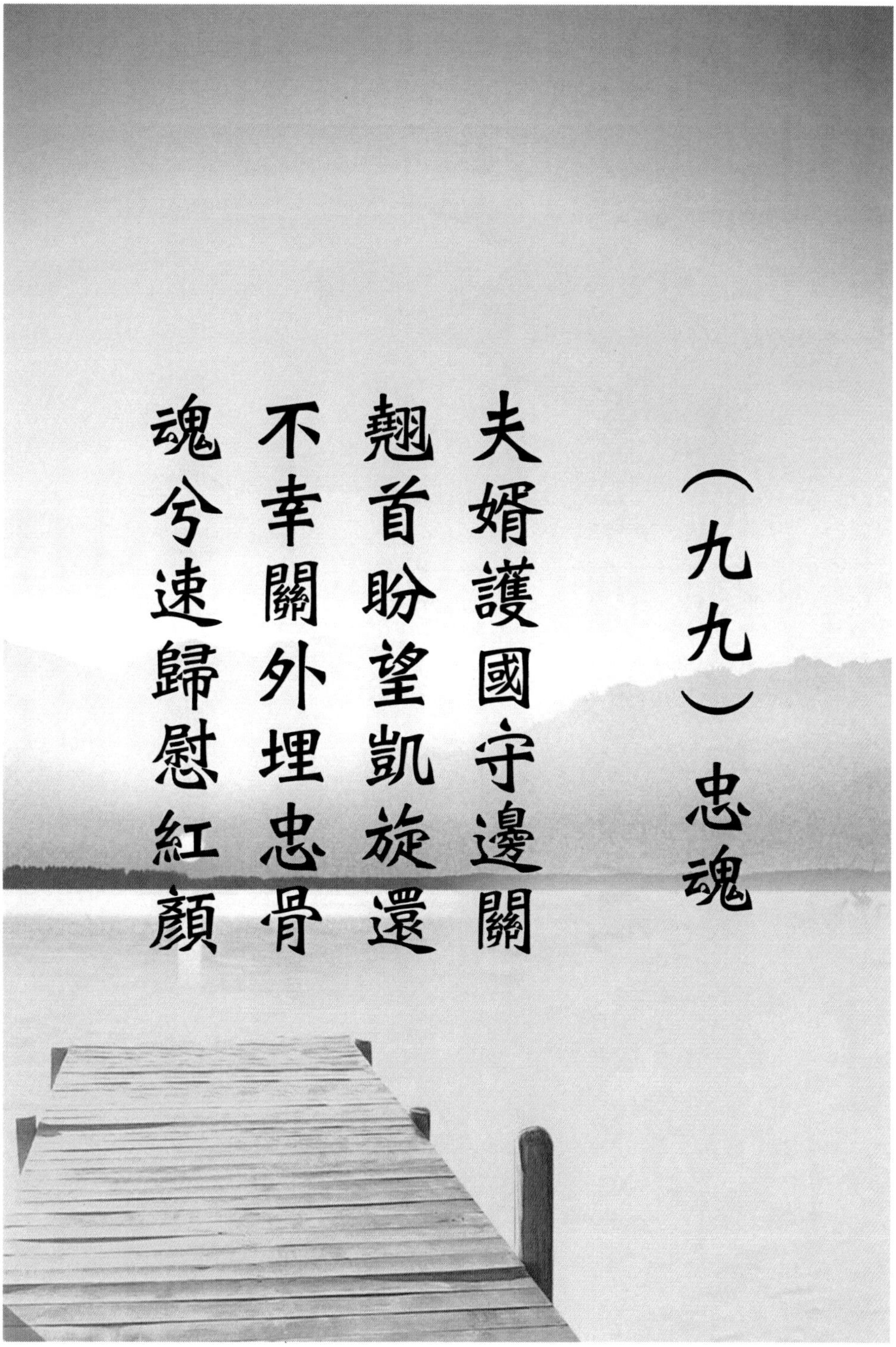

（九九）忠魂

夫婿護國守邊關
翹首盼望凱旋還
不幸關外埋忠骨
魂兮速歸慰紅顏

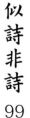

（一百）貧窮

舍下從來無賓客
家中只有書萬冊
桌上推滿紙塗鴉
試問斷窮有何策